一茶匙白月光

张栋岳 著

上海文艺出版社

图书在版编目(CIP)数据

一茶匙白月光/张栋岳著.—上海:上海文艺出版社,2023.9

ISBN 978-7-5321-8832-1

Ⅰ.①一… Ⅱ.①张… Ⅲ.①散文集–中国–当代 Ⅳ.①I267

中国国家版本馆CIP数据核字(2023)第159909号

责任编辑　毛静彦
特约编辑　长　岛
装帧设计　长　岛

一茶匙白月光
张栋岳　著
上海世纪出版集团　上海文艺出版社
上海市闵行区号景路159弄A座2楼　201101
上海文艺出版社发行中心发行
上海市闵行区号景路159弄A座2楼206室　201101　www.ewen.co
苏州市越洋印刷有限公司印刷
开本787×1092　1/32　印张3.5　插页4　字数55,000
2023年9月第1版　2023年9月第1次印刷
ISBN 978-7-5321-8832-1/I·6959　定价:48.00元

如果窗外的飞鸟点起夜灯，就在睡前的牛奶里加一匙白月光入梦吧……

——题记

目 录

contents

上阙

下阙

花　作者绘

上阙

大观园

大观园，埋没了千古的爱恨情愁，湮灭了数百年前的风流往事，厚葬了十二位风姿与才情集于一身的佳人金钗，见证了一个朝代的兴衰昔旧，塑造了一生荣华富贵缠身的悲情公子，叹息了家族尘事与社会腐气的顽固漠化，留下了曾昔穿花赋诗、笑语吟吟的天真烂漫；是慈祥，是坟墓，是温乡，是旖旎，亦是葬花的泪，灵玉的恨，眷属的情思，穿越千年，永不消逝，绘出了雪芹心中的太虚幻境。

飞鸟与月光

你是我房檐的飞鸟，我是你床头的月光。我倚暖了窗阁的瓷岩，望你在面前梳妆你月白的羽裳，当旁梢树枝将你惊飞，我目送你远去。

火星上的鲸鱼　苏寒绘

青 苔

当你远足在静谧的森林时，请务必流连我，精灵将我别于右耳，矮人用我加冕花冠，所以，我妆成森林的幽绿，怀抱惊惶的野兔，吞下麋鹿的脚步，静静地，隐在萤火之中，为迷惘踱步的你引路。我将亲吻你的裤脚，将你沉入绿色的囚牢——臣服于我吧，亲爱的猎人。

银色的蔷薇

当月光下的蔷薇绽放祭坛
银色闪烁着华丽的光辉
满月将照亮你　亲爱的——猎人

瞧那银鞭银匕首和桦木刺
是你不近人情的见面礼
我在楼阁的窗户望你
步步踏入鲜红的陷阱

来吧
莫妄想那拙劣的武器能够
化为我眉间的惊恐
你已没有时间逃走
将你禁锢于手
尖牙刺进洁白的肌肤
鲜血滋养了窗前的银蔷薇
连月光　也染上了血色
让唇舌舔舐甘甜的鲜血
在这银色的蔷薇下

抛却你神女的束缚
月华洒下轻纱　笼罩你徒劳的挣扎
莫忘记　你已沉沦
在你颈间印下灼热的吻
焰似的蔷薇绽放
蔓延上我冰封的胸膛
是你了
我美丽的新娘

骑士与睡莲

愿我们是湖心的一蒂睡莲!
兰斯洛特，以我湖中仙子的名义召唤你
在湖边初见，幼小的手掌蹭拭着脏污的面颊
我眯着两枚黛绿的瞳仁
仔细打量你细瘦身躯上挂着的
破旧脏灰的晨礼服
胸前唯一的袖章，闪烁着湖面的波光
唱着你曾经尊贵的华章
令我张皇

你懵懂地歪头盯着，侧身卧在莲花榻上的我
衣袂摇曳，轻纱沿腿侧垂下
露出一片月白的肌肤
绿眸微眯，唇吻如沾染朝露的月季花般柔嫩
噙着让人迷幻的　鲜艳的笑

我还未开口　问询你姓名
你已因迷路森林而力竭
昏倒在我面前

拉弥亚　（英）约翰·威廉姆·沃特豪斯绘

如一头惊惶的小鹿
紧闭澄澈的蓝眼，扑闪细密的绒睫
痛苦地揪紧少年的眉头
来吧！愿我们是湖心的一蒂睡莲！

在我怀中醒来
已被梳妆而一丝不苟
雪白的长发，碧蓝的眸
哦，你是我多么完美的兰斯洛特！

思绪被亲吻拉回现实
抚着我的面颊，你雪白肌肤的手
本该生涩的眼眸
何时已染上情澜
近在咫尺的发丝　缠绕着我一闪而过的慌乱
不自觉攀上你的肩头，感受不属于你的炽热
唇齿间　你拥着我倒下
耳畔的风也沉醉
——愿我们是湖心的一蒂睡莲！

看啊！兰斯洛特！
静谧的月光下，树仙、精灵和矮人
吟唱着古老的颂歌

飞鸟以藤蔓编入花瓣
织就受月光洗礼的卧榻

我弯曲海藻般的绿发
被你亲手编成　缀着花蔓的盘髻
披上精灵国度的纱缦
挂上矮人雕琢的耳饰
松鼠为我们撒下带着晨露的月季花瓣
你的面颊在满月下莹白如洁净的初雪
碧蓝剔透的瞳仁里
倒映着我红晕的尖耳
还有一丝别样的情绪

接受满月辉泽的洗礼
迎接生命的初新
戴上矮人递来的永恒之戒
夺目的星芒照耀你我
沐浴在圣光下
你是我最纯挚的爱侣

捧过我月白的面庞　嘴唇的湿软让我顷刻沉沦
你是我永远的圆桌骑士，兰斯洛特！
愿我们是湖心的一蒂睡莲！

尤妮珂*

尤妮珂经常呆坐在湖边
默默地想着：为什么我遇不到天使呢?
月光下的湖泊泛起了彩虹，
难道是为了迎接神明而铺下的道路吗?

缥缈的晨雾升起，藏起精灵的踪迹
掩盖圣兽的身影
跟随独角兽的足步
循着那条失落的小径，兀自前行
却并不惧怕前方未知的迷雾
在月色中闪耀光芒的　是尤妮珂的角
是她纯洁无瑕的象征
也是神最后的赠礼
象征纯洁的女神
她梦中的镜湖边踱步着纯白的兽
它们被圣光诱惑，甘愿坠落

---

* 此诗灵感源自游戏“奇迹暖暖”。

纷纷坠落进月的怀抱
织就夜空荡漾的月下梦

恰似昨夜的星辰不愿离去
伏在尤妮珂的耳边轻声呢喃
尤妮珂静静地坐在湖边
静静地等待着传说中
会在月光散落时出现的独角圣兽
当月华轻纱般为大地镀上柔和
开启秘境的藤帘花蔓分开道路
纯净无暇的指引者
以角为方向，带着神的光芒
低鸣回响在神秘的湖畔森林
乘着星河，带领尤妮珂走向远方

好像是哪位调皮的天使路过
抖落了些许羽毛
尤妮珂用它装饰起来
仿佛也成了天使
纯白的圣兽安抚着尤妮珂
它仰着修长的脖颈
温柔地在她耳边低语
月光逐渐暗淡

风之精灵也停下了跳跃的舞步
尤妮珂静静隐遁在月光下的森林小径深处
她离去时掀起的夜风
拂过枝头馥郁的花

当生灵们睁开眼
新的一日已经到来
林间染上了一百种绿色的色调
仿佛昨夜的旖旎不曾来过
晨露低垂，醺风荡漾
萤火星点间，精灵红了脸
一位纯洁无瑕地少女静坐在湖边
额前纯白的角泛着圣灵的波光
走过的小径一路延伸
点缀着盛开的蓝莲
身后轻浅的足印，若隐若现
白皙的肌肤上
一抹弯月闪烁着辉泽
澄澈的瞳眼
仍似在冥思不知名的心绪
风起
隐隐雀跃的微风拂过她馥郁的发尖
温存的眉眼

不 懂

我是位修行僧
终日在这红枫山寺中化经
我饱读寺中万卷藏书
自以为通晓世人之心

一日我问师父
人之心念，可有最难解读
师父只应二字：不懂
我绕转于红枫古树之中
心中已了然
不懂？是了

极乐宴上，马嵬坡时
杨玉环想要的爱情李隆基永远也不会懂
叛兵当前，生死难料
假戏真做的绝望凄凉李隆基永远也不会懂

行吟泽畔，香草美人
屈原心中的苦楚伟志楚怀王永远也不会懂

郢都已破，灵修玉殒
含恨投江的悲憾不舍楚怀王永远也不会懂

高楼浮云，酣饮长歌
李白向往的蓬莱阔境玄宗永远也不会懂
恨别离京，泪洒金樽
邀月共饮的痛醉心寒玄宗永远也不会懂

身负众谏，一女登基
武则天帝王的血泪酸心世人永远也不会懂
政启开元，治宏贞观
只身治国的倔强坚昂，世人永远也不会懂

罢了，我仰头望着风卷红帘的参天古树
只叹古今难了恨人心

佛 心

她就像一尊佛
镇守着盛唐的宫阙
手捧着黎民破碎的灵魂
保佑着皇帝寥落的尊严
慈视着城破狰狞的叛军
抚摸着艳羡的鲜芳云霞
笑望着漫天飘舞的粉桃落英
最后
马嵬坡下　庄严灰飞烟灭
大佛轰然倒塌
两行清泪干涸于泥沼
玉塑身雕埋陷至昏荒
浮华落尽　飞花曾旧
曾伊残宫　骸冷魂凉
而深埋在花瓣与泥土中的
是一颗仍旧跳动的心脏

杨玉环　华三川绘

月 殇*

（早夭·夜凉）

当梁檐的飞鸟隐没翼羽
万家的灯火深埋夜色
谁能懂我月的忧伤

我守着寒凉的夜空千载
祈愿织女牵牛流萤遗爱
怀抱千古良人结缘灯海
华照天上人间百姓福来
而望眼　却无一人陪伴
共赴　这凉空素辰
脉脉得语　绫罗华缎
醉一坛桂花酒　不负这稀凉流年

我以暮色为袄，辰砂做裳
挟来凉风卷着诗仙的辞章

---

* 早夭是“殇”的古早释义，指月亮早已消逝，千百年来头顶上高悬的只是月的执念与虚影。

织就云华，编挽素纱

孤芳自赏独舞红线绵长

绵长似我月的忧伤

莫忘　江山易主，风月换章

凉辰上守着的　是我永不消逝的独自孤凉

烛光与美人

昏暗的餐厅里
侍者将我点起迷情的黄晕
当装着精致的他绅士且分寸恰当的手挥下
我看清了你的面容
浓黑的卷发浮在肩头
眼尾的泪痣增色媚情
月白的肌颊泛着红晕
鲜艳的浓唇纵染风情
我摇曳的微光被你的吐气如兰
屡屡打断
微漾的黄光　在我们之间
交缠情愫暗生的暖意
你手中摇晃的红酒
也无比妖娆
妖娆似这周遭的黑暗
更似那抹难掩的红唇

末了，当他再次递过餐巾
挽起你的手臂

烛光与美人（油画） 维生绘

目送你转身离去的背影

转眼

我又陷入黑暗之中

错肩而过的姑娘

那位错肩而过的姑娘!
在早间集市上逆流而行
肩头的碰撞勾起视线
淡金的卷发从头巾中溢出
雪白肌肤的臂膊沾染着
早市月桂花的馨香
晶莹的汗珠淌进衣裙
深灰色的裙角下，延伸出两条
雕塑般的小腿
愿你生活愉快
那位错肩而过的姑娘!

永 爱

我曾经爱你
像田间的纸飞机一样
挟着风的甜美
掠过心的涟漪
采撷山中最早开放的雏菊
带着露水的轻吻向你表达我朝思暮想的心意
钟楼上纯白的指针高颂出挽歌
誓言的期许回忆田间的牧诗
开满鲜花的窗台上金色的卷发
缱绻着我摇摆不休的心房
阿莉塔，住在我心上的姑娘！

年少忆

琳琅，多情，风华，竹语，梦忆，清凉，晨曦
一切的一切，终归是那竹间山寺中的年少点滴
时过境迁，我成为了你，你活成了最好的模样
昔年两小无猜，而今红烛帔霞
竹间的月华碎成无数金色剪影轻洒在屋前地下
花瓣吹拂，儿时的笛声再次响起
银袍翩翩，墨发如瀑
眉眼间星华温存旖旎
公子，你还是你

老城梦，烟雨情

萤火纷飞，老城旧梦
我一笔一划
却只写成了你的音容笑语
荷包锦绣，风姿绰约
我一颦一眼
余光尽是你的绫罗翩翩
慢橹摇船，香扇轻罗
乌发掩映下的容颜清丽如荷
美目盛月，脉脉得语
发鬓的玉簪温润玲珑
玲珑似我纤尘不染的心
我倚暖了桥头的青苔
搭上你斜靠的渡船
耳畔的风也呢喃
流水亦醉

老城烟雨，一梦江南忆
人归故里，芳草萋萋花满情
流水芳菲尽，烟蒙情未依

我在夏夜梦见了江南

亦梦见了曾经的你

奶香奴隶

观《乱世佳人》

奶香四溢的洋房里
浮华锁着精致的装潢
笑语囚禁着名门的年少
茶浓酒香，奢妆华裳
轻盈穿梭中
俏皮芳香吸引彬彬绅郎
带着奶香的贵族少年
嬉笑浸泡在浓郁蜜糖
空气中弥漫着巧克力和纸杯蛋糕的甜芳
暧昧的温床

带着奶香的奴隶！沉醉于安乐的温乡
无知的躯体，绵软在交杯换盏的匆忙
幼嫩的体肤香软而娇衿
淹没在奶香奢华的欢愉浪潮
懵懂而芽叶初张

当战争的号角吹响

金粉的幻梦顷刻间碎裂飞扬
如光洁的梳妆镜破为粉尘
映射出戏里戏外残凋的现状
硝烟弥漫，呛味席卷温房
糅杂入奶香，丑陋而惊忙

故园烟火残硝
昨日矜贵的骄奢犹似弥留悲悼
转眼
惊弱少年无从逃窜
无助的哀鸣刺痛昨日嬉闹
敌人的号角粗鲁
侵入奶香四溢的温房
刹那的冰冷，击碎不堪一击的希望
带着奶香的奴隶！双手捧着破碎的灵魂
张嘴乞求神明的庇佑
而当泪眼干涸，奶香散尽
瞳孔失去亮光，初心贩卖给死亡
奴隶，成了真正的奴隶

乱世象，几世欢

赤红天映残阳血
灰翳云浮枯楼间
丝缕沉风撩发朗月天
雨帘挂，柳扶风
妆粉药娘折梅后墙屋
泼茶竹丝衾，栓门泥灰积
枯发织网轻罗梁间影
口里振振吟
白猫跛脚站
瞎子斜眼看
童稚逐绣球
腮面二点红
伛叟目浊稀发疤痢烂
过街数门槛
沽酒郎贩面白如僵黛

郎贩勺敲榆木皿
色如粉玉花沉底
酒入新娘青瓷杯

红妆匣，金丝缠
凤鬓花残晕酒乱
新娘踮脚剪衣冠
胭脂灼卧蚕
红泪颜笑绽
烛焰燃喜花帖红栏干

焰火流光花楼屏
薄衫舞乐恩客情
肤凝花雪目琢精
醉雨轻挠美人背
美人神滞提僵臂
红衣带，罪裙飞
九天舞乐胜似画骨葬花戏
醉卧恩客怀
目色染悲欢
回首神失强牵玉臂攀
素手直指高墙深阙欲颓天下安

隔夜牡丹花残
宫楼明堂易冠
一分天下安得几世欢？

恶灵之都

观《刺杀小说家》

有一支箭
射进了我的眼中
我只是怔在原地
却不觉疼痛
看着那一个个戴着面具的人
升起双手虔诚祭祀的舞女
漫天飞舞的箭火
那啰嗦的铠甲很久没有说话
它也许是，睡着了

那反复跳跃的异世与现实
在笛声中慢慢清晰
铜色的东西，什么都看不到
随着斧头落下，城门燃烧了起来
是红甲的颜色
火烧云翻涌着，天边似把烈火
燃烧在我眼前，世界变了样

瑟茜下毒　（英）约翰·威廉姆·沃特豪斯绘

舞女的手仍在高举
跳着不知名的祭祀舞蹈
摇着长发吟唱着迷乱的神乐
于纷乱的炮火声中
不可思议似火海中摇曳生姿的红莲

挂满人头的枯树
走投无路杀妻弑子高扯白绫的丈夫
死城中的景象
灰翳却嘈杂
空气中隐隐浮动着血腥的丝味
我知道
他在烛龙坊等我
这时候
不知道他有没有想到
那前来朝拜的浩荡人马中
有一个人，却想要杀他

人鱼的眼影

金色的阳光是人鱼的眼影
流畅的鱼尾在碧海中翻搅
调和出一池五彩斑斓的微光
映照在眼中
梦幻且易碎的辉煌

悲运的人鱼啊
如此渴望阳光
却于深海中苦笑
月夜波光下的泪眼
砸下凝碧的流珠
缱绻航厅雅宴的灯火
遥不可及的幻梦

海百合编织成花冠
花瓣上流淌着十五年的荣光
从深海的荡漾流光中
撩过一缕迷醉的金芒
抹划在眼角

妆成初生的欢欣
柔软缎面般的发丝
隐隐闪烁着希冀的光芒
流畅的鱼尾鳞片焕泽
绕转着七色奇异的粼粼水光
这是祖母常啧啧称奇的韵色
而每一片彩光四溢的鳞片下
都覆盖着一个属于泡沫人鱼的神话

悲运的人鱼啊
如此渴望阳光
却在阳光下的国度里哭花了眼影
融化的金色流过滚烫的面颊
滴落在心海的浪花
掀起翻涌泡沫的风华

当夜空中最后一声礼乐落下被繁灯眷顾的海面
新娘的笑靥明媚似海百合的誓言
失去鳞片的人鱼，再也回不到梦中的深海
匕首尝不到鲜血，用沙哑的歌声惜别
懵懂与明媚，是属于哑姑娘的心碎
长发被照亮，初生的太阳于波涛中咏唱
金色的眼影倒映阳光永恒的纯洁

晨曦中，逐渐有泡沫升起

神话，终是成就了她自己

堕天使

灰蒙的浮雕廊柱间
看不清颜色的云团弥漫
天宫的琴音回响
云团里沉睡着一个个苍白的梦
阴翳遮蔽了杀戮
在看不见的伊甸园里
如毒蛇般滋生供养
云团下
暗流残酷的斗争从未停下
止战女神手中的剑矢亦未曾僵硬
云团上的魂灵　却依旧沉睡
我们　从未醒来

天地蕴育，上帝创造万物
我们　都曾单纯年幼
后来
谁因智慧脱离普生，
谁因简单保留纯真
我们　只看到了馈赠

把杯献给奥德修斯

（英）约翰·威廉姆·沃特豪斯绘

高人一等，头顶桂冠

浑身金芒，羽翼丰饶

最终

贪婪不满化作毒蛇

攻向从未侵扰的宁静乐土

侵略与恣意

使我们旁观眼眸中仅剩的纯良

燃烧殆尽　化为不堪的灰土

被贪欲与杀戮吞噬

渐渐地

世界开始疏远　万物控诉

我们将听不到神的旨意

终日回荡在断垣残壁间的

只剩下彻骨的哀嚎

当人和动物能和平相处

当我们再次变回精灵

放弃天堂的我们，是否还能戴回那顶桂冠

在那失乐园里　永远抚摸着翅膀

尽头的世界

我们终于听到了它们的声音

空洞而绝望

残缺的躯体忘记了控诉
却从体内没来由地闪烁着圣光
从未改变的心灵与纯真
使疲惫的我们终于艳羡　却望而生畏

当堕天使承认了他的罪行
天地间获得一刻永恒的宁静
一道金芒闪过
上帝于洞穴中走出
伸出手　没有任何表情
珍宝般的智慧被重又收回
我们　终于迎来了返璞归真的空白
记忆中我们还是那精灵模样
游戏于天地　融入又一次的和谐
……
在那遥远的失乐园中
散落着灰白的翅膀
而曾经属于天使的桂冠
则被很好地保存在那断垣的廊柱间
未曾消散的云团中

无名偶妓

浮云嫣梦　大唐盛世
遇君　海棠花下
花楼名角　千金难留
为君　轩阁曼舞
怜兮闺室　难堪多少言流
惜母命　难相与
花楼一别海棠醉
心为君痴君难随
舞千秋　花落尽
寻君千载难如意
一纸宣书诉迁离
今后楼阁　琼花堪色
饶是一人　贻笑大方

童梦失魂夜

猩红的幕布沉默良久
枯旧的城堡外是昏昏欲睡的看守
落灰的硬皮话本沙沙摇曳
是谁在案前流着泪补救残页
窗外的树影癫狂地笑着
枯槁的手指颤抖地搓捻着
发丝触碰的地方
又是童话新一轮篇章
今夜
谁会是替罪羊？

咽下苹果的公主终将变成下一个皇后
斩杀恶龙的少年终将成为一匹恶龙
大殿前恶拒了丑妇的骄傲王子
最终跪倒在玫瑰花前化成了野兽
是谁带来了王子水晶棺前的轻吻
是谁送来了古老习俗出嫁的公主
又是谁唤来了少女花瓣凋零前的“我爱你”？
这个世界如果没有救赎

玛丽安娜在南方
（英）约翰·威廉姆·沃特豪斯绘

又是谁安抚了挣扎的灵魂心中的创伤？

如果冰雪女王没有直视梦魇
如果心中的痛无法消解
如果没人割断公主的长发
没人去摘那金花
如果第十一位仙女没有躲在窗帘后藏起祝福
蔷薇倒刺挡住了那个人的去路
如果童话无法掩盖现实的无助
空虚的灵魂没有得到美梦的填补
如果爱丽丝没有从梦境中醒来
如果怪诞的乌托邦无法挥散现实的阴霾
如果天使没有宽恕穿着红舞鞋的女孩
如果刽子手没有剁下那双虚荣的脚踝
上帝站在云端
会不会将双眼哭坏？

如果女孩觉得公主太幼稚，男孩觉得机甲太劣质
如果有一天孩子不再相信世界的美好，不再相信童话的愈疗
不再抵抗虚伪的压迫，低迷的伤痛
如果通往旖旎的魔镜逐渐崩裂
现实与童话，谁会先倒在悲凉的脚下

如果童话改写，谁又会是主角？
如果现实梦碎，谁又能双瞳剪水？

利娇酒姑娘和香料混蛋

轻轻提拉
混合的娇香浓郁扑向狡黠的唇牙
“这是最熏人的烈酒哦”
卷翘咖啡色的发丝扭动
健康红润的雀斑卷着明艳的笑意
一撮色粉轻弹出指尖
顺着气泡
淌出一片星河
“虽说是色味浓郁的甜酒，
但喝多后的手舞足蹈才是我最喜欢的部分”
“馨香的毒药是最致命的”
狡猾的舌尖舔舐过蜜糖般的唇瓣
在犬牙边反复打转
脖颈仰起，酒精在咽下的喉头晶莹滚动
金色的瞳眼闪烁出猫一般的神色
酒精，是会让人吐露真言的东西哦
甜美过后是晕眩的陷阱
今晚　你逃不掉了
利娇酒魔力可是不容小觑的

“最上等美味的 roti，
只凭这些香料可不够哦”
带着洁白手套的纤长指尖捻着半长的金发
发尾抚过偷笑的泪痣
勾起的唇角随香味发酵而笑意渐深
“这样的香气
是不是有够混蛋的
我的小姐？”

哗啦——
炉门弹开
侵略性的浓香填满整个室内
伴随令人脸红的阵阵热气肆意升腾
托在手掌的烤盘轻佻旋转
餐桌间的舞步穿梭得意又慵懒
银签刺入，迸发的肉汁被舌尖捕获
把玩着轻贴上嘴唇
一闪而过的认真
狭长的狐狸眼微眯
品味无比精准的热气
“知道什么叫做完美？
果然是最深邃的甜味……”
眼底跳跃着狡黠的神采

像毒蜂采撷蜜罐的丰软
馨香的雾气从眼角蔓延开来
将白色面具都染上了复杂的色彩
清脆的响指散开
是烛光迷情的晕染
“你说我啊——
我，叫罗克梅哦……”

小姐，
肉肴配烈酒
岂不美哉……

小丑女郎*

凝视镜中微笑的人偶
才发现爱笑背后
是极度自卑和伤痛的小丑
喜爱看欢乐滑稽的节目也掩盖不了愈发僵硬的嘴角
越来越消极的心跳
又在哪个无人看见的角落附和暗自冰冷的眼角……

否定自己，怀疑自己
无法辩认一切是否都是咎由自取
无声哭泣，沉溺谷底
在现实幻梦中挣扎着不肯妥协放弃
复杂单纯的心境切换在理想的乐园
表里不一的晦暗旋转在晕眩的迷圈
是否，
有那力量将困兽解放
是否，
有那勇气将迷者拉上木马的轨道

---

* 此诗灵感源自歌曲《小丑的品格》。

甘愿沉溺痛苦的理想者无可救药
颤动的完璧魂灵追逐人世间的圣光
梦中飞来的救赎者挥动洁白的翼膀
试图清荡那云散的幻象
期待气球的观众不会在意小丑的悲伤
就如同人们不懂笑容的演绎下
无比敏感脆弱的伤疤

掩藏真心，表演天真
帷幕落下的冰冷
刺伤我一个人
这孤独又为谁而生?
脂粉灯箱粉饰不堪重负的红唇
霓虹芭蕾踩着破旧车轮回应不予满足的掌声
诙谐语言嘲弄金粉的可悲
以最快乐戏谑的自述
远离一切的纷争
不愿理会聒噪的主持人
将我粉墨浓彩涂改早已无法辨认
努力跟上节奏迈着毫无优雅的舞步
身后滚动的光柱将我推上高台走投无路
谁能听懂?
人偶的哀诉

舞台上的舞女　（法）埃德加·德加绘

思绪在舞台中摇摆
四肢在霓虹中沉沦
谁能看清?
缤纷中兜兜转转的我们
洋装卸下后金丝鸟的悲鸣

落座于黑暗中的目光咄咄逼人
有意无意取笑的眼神
一点一点肢解我破碎的自尊
展臂飞跃，钢丝模糊溢出的呜咽
迈步倾身，天鹅绒布景作深色的陪衬
油彩红唇覆盖我泪湿的笑纹
浓妆艳假回对观众的哨声
在鎏光点彩中穿梭的可悲
是否是身在其中已然无所畏
谁说得对?

在街头路灯下买醉
褪去光鲜的夜色
也会呈现出不可一世的伤悲
马车上擦肩回眸的双生子啊
何时来拯救我的卑微……

病名为爱

当一只毒蛙爱上鹦鹉，
多么渴望相拥却无法触碰，
面对月亮，邪恶的你笼罩在梦乡，
眼皮因仇恨而抖动异常，
我只能亲吻你的影子，
那么渺茫，
多么相似，又多么不配。

我是艳丽的剧毒，
作呕的蝇草吞不下我，
世上没有我杀不死的鸟，
我可以为你去做任何奔赴，
让我的毒液成为你复仇的孤注。
月光下的我们靠得那样近，
渴望紧拥爱意却无法触碰。
只有你凋落的绒毛可以肆意拥抱，
带着阵阵战栗的味道，
如此残缺，如此相配。
停留在唇齿的，是苦涩的暧昧。

眼角挤挨，泪腺滚落的却是一颗黑色的表白，

这就是我们有毒的爱。

风吻过夏夜

风吻过夏夜，
雨水落在荷花苑，
初蝉怯生生地唱，
玉簪花落在今晚的塘边，
湿漉漉昭示着澎湃的静默。
茶香细咽，
时岁滚入喉头，
掀起浓烈的激流，
化为雾汽蒸腾入鼻间，
散成一缕青烟，
无端沁入了安闲。

荷花池　（法）克劳德·莫奈绘

无 题

一

小时候
望着夜里的天空
总感觉月亮隐在云层中动得很快
长大后，才知道
月亮没有动
是云提着轻纱雾气的裙摆
羞着从月的身前过
而月
掩着嘴扯过云纱轻笑

二

太阳只有在黄昏时偷捞过云朵
抹上鎏金红霞融化的胭膏
将金光罩羞成了朱砂痣
才能教人直视

三

人们都无法直视太阳的万丈金辉

凡间有一个女孩儿却能毫不退却地

笑看烈日

那个女孩

是太阳神的恋人啊

四

我已在我窗前眺望了十八年

想象那些描有太阳光影的点

有时候，我经常会想

太阳描着金光的云朵背后

会不会有身披彩霞的飞马畅游在云中之国

五

天上

那白色的太阳不见了

天边却亮起几朵粉红的云彩

六

我从来不知道云朵会躺在地面上
对我说泥土污了衬裙
一点都不够香

七

天上一大朵金橙色的云飘浮着
我的眼睛也飘浮着
我们同有着一片天空

八

那满墙的落日困住了成群的飞鸟
我也开始远走高飞

九

月亮从容地剥去自己的皮肤
任凭耀眼的琼浆融化在城堡上
像一颗熟透的果实
滚烫，流淌
向人间倾倒

十

遗憾的是
月亮终究饮了山酿的酒
他终究上了起风的车
没有回头

十一

风吹皱了晚秋
你盼江雨
我染离愁

十二

我偷了黄昏的酒
黄昏换我月满枝头

十三

风把云随意地塑造成各种形状
由太阳蘸着霞赋予色彩
由人起名
这便成了作品

十四

瑞士吹来的东风
披着飞鸟落下的影子
钻进玻璃般的海水
被我钓了上来

一茶匙白月光

一

风偷跑出来度假，
住进陈醋开的旅馆，
云看着香菜，摇了摇头，
时光轻轻落在茶汤里。

二

云悄悄跑上阁楼，
闷了一口屋顶的酒，
梅色的人间忽晚，
醉倒在日落上翻涌。

三

我打碎了夕阳，
晃了一池的晚光。
暑气熏透了荷塘，
蜻蜓落在尖上，

时光被藕织进肚里。

四

我打碎了夕阳，
醉入夏畔的池塘，
金鱼睡在藕荷旁，
枕着灯芯草微漾的捕梦网，
衔着我垂入水中的
醺醺发丝长。

五

我打碎了杯子，
释放了一整个夏天。
七月的风铃摇曳，
吹乱了木屋中的梦乡。
树荫微漾着打盹，
剪影落在西瓜上，
还有一只瓷白的盘子，
被落在静静冲刷的海滩旁。

睡莲　（法）克劳德·莫奈绘

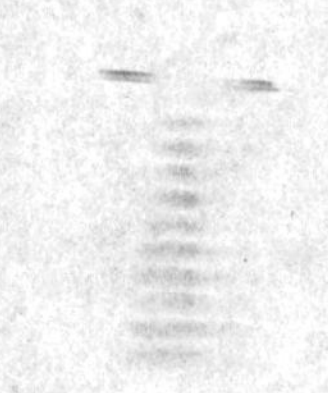

下阙

月夜遥赋

湖饮蝉鸣山咏月，
楚风舞毕柳萧萧。
不疑玉宫凝伫此，
醉下瑶池荡月捞。

溪春韶眠

杨花暮离水清浅，
萱草合眠细蕖香。
润柳绦垂蒹葭滟，
此处桃源晴鸟知。

柳浓风软双燕飞　陈少梅绘

万象赋

虹门斗彩盘螭绕，花萼相辉玉人宵。
万宾攒迎罗带紧，狂诗醉卧御笔抛。
云芳共赴倾国色，瑶台幻灭若春阳。
血雀啼樽玉鲤望，琉璃灯宫月色长。

逢雪见湖堤春眠

花柳合鸣蝉下月，浓荫繁绺对韶眠。
久触清泉不觉喧，湖堤白雪映星涟。

冬日舞湖上冰雪贺万岁寿辰

拂厢飒絮乘风起，素练含霏春带痕。
冰肌花凝云索袖，鸿雕雪露奉霜辰。

闻道远

朝履征蓬万里曛，酒瑟羌琴梗塞心。
拔剑碎樽辞圣懿，整胄披红两别情。
胡地夜寒辗转侧，闻笛远顾泪长涓。
金鳞血溅玄光铁，百战如年终得还。
还复踌躇思茫然，寻道烂柯红袖念。
狼烟美目风沙里，不识人杰霜鬓颜。

柳下庵·聆月

小径寒装空对月，树少梨花疏。
姣柳失岫幕，冷听葬花魂。
稀零檐下，雨打落萍，裁却来时路。
香尘古道寒烟眷，铜炉缈远山。
静候待归人，共剪暖窗烛。
孤烟冷席，落玉轻音，寰尘入梦纷。

翠璧初晴闻钟

柳下轻舍湖纱翠，春风姣姣怜云岫。
璠红度色琉璃雨，泼光悦鸟沭轻音。

十二月二十二日冬至晴雪

金蝉素练寒飞雪，帘玉拂垂瑞脑涎。
碎琼薄融银鼠褂，白盏香蚁冽坤轩。

朱山寄友

茶熏氤氲月，垂髫饮露白。
雁催荼蘼老，霜素凝秋沾。

游园窥梦

仙辇游春丹雾行，芙蓉醉柳映姝醺。
云钿波滟瑶池落，笑堕鬓翘牡丹倾。
罗丝锦带盘云上，邀引翩帛纵芳行。
藻溪绚鲤扶空蓢，五彩腰奴共献情。
晓霁绮光余黛散，云蒸霞隐晕虹泉。
凤鸾进水妖童侍，珠扇无力启碧帘。
未若粉面含英萃，华池灵运澹寒晶。
瑞霭连绯香岫浸，绛霄曛日旋羽鸣。
月容扶摇璎珞动，宝组袅裹鎏绉裙。
绿琼宫绦浑酒乱，香寰缈远渐珊影。
复起云开月润席，未觉旖旎归云音。
神妃辉恍遗虚妄，金樽残馥示黄粱。

赏春图　华三川绘

璧人说

为《钗头凤》二首而作

黄縢风恶弄愁情，
鲛绡垂泪胭入鬓。
墙柳倚风春非昨，
花残空瘦人憔落。
锦书传誓魂牵锁，
饶是夜长幽梦多。
夜阑忆回少年事，
昼起衾枕泪痕深。
恐人见问隔夜容，
独语装欢怪春风。

鸿磬庵早题

深林鸟隐绝，泊溪素点渊。
菊里拜幽篁，梭葱沁露纤。

鹭

瘦罗点影绝，翻雪鸿菱滟。
披帛风淡烟，掠掠如清水。

白鹭　（日）小原古村绘

春雷恨

忽闻雷窨响，须竹没入根。
天疾晚来雨，方知春恨深。

送青莲

碧落衔来仙尘琢，千机碎雪焚轮波。
长舞清箫乘飞絮，云蒸入泻踏溅霜。
明蟾照骨栖疏寒，玉带登云收桂魄。
青莲本是人间客，剑仙掷酒入霄河。

夜垂记熏炉入虚

一帐红帘一帐香，水醉游灯寄夜茫。
孤鸿归露春知宿，芙蓉泣树枕云窟。
香培玉琢芝芳调，倦烟拢眉两聚霜。
寻雾里看幽兰色，空谷芳魂悴减消。
妃胭寸浸脂和泥，鲛绡浥透眼含青。
风光无渡东桥处，鸿归岁岁难望君。

晨妆图　华三川绘

早寒春启和衣梦眠

龙城寒谷疑霜冷，囚雀争暖犬衔泥。
空山雪院中别色，遒岫长辞幕幕青。

负鹂容

丹尘不绕锦宫风，韶园入醉牡丹红。
借来姣柳试春色，独面闻钟俏鬟无。

芦波行

白鹭坠秋水，南开一路霜。
梭舟入辉岭，不怕晚知人。

秋江冷棹　袁松年绘

昆仑境记

核舟聚屿入天窟，仙人抚顶难断生。
碧落千机摇碎雪，昆山断壑玉生烟。
仙蟒逾尘吞宿屑，冻龙攘域休流霭。
黄柳欺霜松采月，湘江斯人执手来。

赠达夫

明月照孤霜，孤霜踏归人。
归人人不知，江水洗同尘。
醉聚旧仙友，汉霄临危露。
绀鲲浮缈尘，驭鹤驾星宫。
泻天乾瀑尽，忽入九重渊。
璃蔼虹绯溅，缥疏万丈鲜。
毕乌乘羽皓，凤旋锦波涟。
玄都更曙落，瑞明彩梦眠。
复醒金樽末，蝶散柳江头。
世无寻雾勇，难当消霞客。

园外怜春

三雪隆冬尽，惊风倏乍寒。
恐闻早眠蛹，飘零不知春。

雪堂客话图　（宋）夏圭绘

御园临溪寻幽

花开时节锦绣春，烂红开尽晚妆成。
廊丛枝里追鸢蝶，嗅知海棠斜鬓间。
发倾襟乱非佳人，胭珠晕漫尤可爱。
锦瑟年华思不尽，弥弥梦寻廊下蝶。

宝钗扑蝶图　华三川绘

幽篁静思

暗芙云现异重天，罡风怒绽林壁开。
凡人恶度千杯酒，碧尊坐观漱良云。

浔阳隆冬夜话

风雪压京城，南郭温巷生。
狸奴消暇尔，总角养颐翁。

后记

其实我有两座轩，一座画轩，轩名“玉引”；一座诗轩，轩名“飞鸟”。此卷《一茶匙白月光》，便是这座飞鸟轩中的其一。

“玉引”，“万千思绪为玉，画中故人作引”，以误入之客观画中人所生思绪为食，深藏故事与清泪，神明与美人，存在于三界边际，历史河岸。

而“飞鸟”存在于人的梦里，每一个有飞鸟驻足的窗台檐下，都可以找到它在夜晚的入口。飞鸟为人们织就一个又一个梦境，它们也会为自己这样筑巢，所以鸟儿们每晚都睡得很香。它们是自由的使者，在梦里，你的灵魂思想皆属于自由。梦境亦可能恬淡，暧昧或怪诞，不论你相不相信，尽管你很可能不会记得昨晚的经历，但你一定会在某个夜晚，被邀请去轩中做客……有传闻说，这座奇怪的轩其实是被一只浑身发光、大无边际的白色巨鸟驮着，在夜雾中明明灭灭，漫无目的地飘浮游荡，偶尔看到它的人，都很奇怪地睡着了……

每个误入轩中的人都会看到轩的墙壁上镌刻的一则提示——

轩主并不需要人们在观读后一定有所触悟，这只是轩主脑内翻涌的灵感产物，只希望能有所共鸣者共鸣，不入境者获得片刻的绝对自由。

——欢迎来访。

张栋岳

2023 年 6 月